JN165918

享保雛

雨宮昭夫

目次

短　歌

——山梨日日新聞「山日文芸」掲載作品——

平成二十一年

かつがつに一日を過ごしよく冷えた
缶ビール飲む小さき幸せ

老いてなお煩悩の火消えざるを
詮方なしとも哀しとも思う

頑張ろう拳突き上ぐ様に似て
百日紅咲く衆院選まぢか

夾竹桃紅の花咲かせたり
花のあかきに広島思う

カイゼルの髭の如くに蕊はねて
少し偉そう曼珠沙華の花

児の担ぐ神輿来るらし賽銭を
袋に入れて辻に急ぎぬ

米寿まで病舎に籠もる半生を
天寿と言うは酷ではないか

鹿が跳ね雉が横切る畑の道
可愛いなどと言えぬが百姓

あかあかと桃の実夕日に輝いて
甘い味わい約束してくれる

息づまる十回表イチローの
中前ヒット世界を制す

平成 二十二年

校長の式辞きょとんと聞いている
たった四人の入学児童

理論だけはシングルだねと揶揄《やゆ》されて
二十余年のゴルフの歩み

胡瓜刻む音夕闇に響きけり
己ひとりの夕餉のための

暑いねえ暑いですねとそれだけの
言葉しかない今年の夏は

庭に咲く薄《すすき》の穂波豊かなり
そうだこのまま月に供えん

流れ星幼《おさな》のように声あげる
夜の散歩の楽しみふえる

道を行く物売りの声に返事する
耳の遠きは笑えぬ喜劇

周平の世界に浸る冬の夜は
至福の時ぞ夜の更けゆく

平成 二十三年

酌み交はす子等との年酒幸せの
この一刻《ひととき》をぐいと飲み干す

四時半の値引きの牛肉贖《あがな》いて
明日のカレーの準備整う

春雪の降り積む朝の嬉しくて
幼の様に口に含みぬ

靴箱に眠りし妻のスニーカー
挨払いてもとに戻せり

方言のすたれる早さに比例して
人の情けの薄らいでゆく

一株の瓦礫の中の水仙に
老い励まされ桃の花摘む

ヴァンフォーレ・風林火山とりもつの
旗のひらめく五月の県都

日本海アルプス越えて黄砂舞う
帰省する子の布団も干せず

久々の雨を恵みと追肥する
美味しい桃の実約束してと

福島は山梨と並ぶ果実県
桃にぶどうと共に競わん

超小型カセットコンロ贖《あがな》いて
急須二つのお茶を楽しむ

聴くとなくラジオをかけて袋掛け
昔の演歌にリズムを貰う

真夏日のゴルフ叩いて除夜の鐘
ちなみに藍ちゃん七十前後

亡き妻の使いし鏡台たまさかに
抽き出し開ければ遠き日香る

台風をまともに受けずまずまずと
ほっと安堵の桃の実赤し

ぴしぴしと小気味よき音震はせて
色よき桃をもぐは楽しき

盆提灯かすかに揺れる闇の道
幼馴染みの新盆見舞う

うら若き女性笑顔をいっぱいに
診察室にお辞儀して去る

肉じゃがは得意料理のその一つ
独り夕餉の食卓飾る

平成二十四年

凍りつく冬の星座を眺めつつ
ロマン知らざる若き日思う

七種に一つ足りないどうしよう
彩りよしと人参にする

日本海大日輪の沈みゆく
男鹿《おが》の夕日をも一度見たい

山峡の陽に向く山はたちまちに
溶けて春雪かげをとどめず

術後一年検査の結果まずまずと
米寿の祝して貰えそう

酢味噌和え見よう見真似も味はよし
妻の味付け舌で覚えてた

川じゃない賽の河原だ逃げなけりゃ
がばと飛び起き夢かと覚める

世界一スカイツリーに上ったつもり
脚立の上から盆地見下ろす

桃の粒日毎ふくらみ助っ人の
来《きた》るを待てず袋掛け始む

広島に原爆落とされし日十八歳
飛行機部品作りていたり

しばらくを子と二人にて過ごせしが
明日はそれぞれ独りに戻る

スーパーの二割引きの日武川米
五キロ小脇にレジへと向かう

凍みる夜は独り炬燵でお茶を飲み
深夜テレビのチャンネル回す

木犀の香《か》に背を押され買い物に
今宵の献立決めてはないが

白雪の富士に向かいて運動会

媼・翁の声響き合う

雲はれて宇宙劇場幕あがり

白い太陽金の輪となる

定番の茄子味噌炒め妻譲り

畑の茄子にこま切れの肉

程々に冷房効いた図書館で
龍太俳句の世界に浸る

スーパーでお辞儀するひと誰だっけ
美人だけれど思い出せない

平成二十五年

「紛れなく活断層です」と夢の中
モグラの私ひそと呟く

桃の葉の縮れを防ぐ消毒を
今日なし終えて長湯楽しむ

売店のレジに草餅桜餅
絶食の身にいささかきつい

靴履きて外《と》に出るほかに退屈を
逃るる術《すべ》の思ひつかざり

古語辞典歳時記並ぶ病室を
我が家と思えば心安らぐ

外泊の許し頂き束の間を
子らと語らう一夜は楽し

袋掛け終えて夕餉に酒少々
ほろ酔い気分で子と長電話

月見草富士に似合うと太宰の言葉
一木一草《いちぼくいっそう》富士と向き合う

久々の無尽の集ひ楽しかり
八月の旅計画に沸く

愛知産うな重弁当買い求む
三割引きについ惑わされ

ようように桃の収穫今朝終わる
夕餉の酒は吟醸奢る

「この墓に私入るの」「一緒にさ」
遠い昔の二人の会話

「只今」と香を手向けて写真に語る
奈良の古寺あなたと見たと

鶏肉に玉葱人参ジャガイモ炒め
残りにルーをカレーに変身

平成二十六年

病癒えゴルフの出来る幸せを
一打に込めてショットを放つ

塩麹鮭の切り身の程良く焼けて
雪に疲れた体を癒す

消費税八パーセントに上がる前
売る側買う側呼吸はぴったり

妻逝きて十七年の春彼岸
在りし日のまま夢に現る

旨いなあ越後の銘酒猪口五つ
こぴっと辛ききゃら蕗《ぶき》つまみに

現世《うつしよ》の人の都合で盂蘭盆会
妻と逢う日のひと月遅る

台湾産海老の干物購《あがな》いて
蕎麦に似合いのかき揚げ作る

「原爆を三度《みたび》許すな我等の上に」
歌いし若き日遠くなりたり

旧かなの「ゐ」の字が出ないワープロに
愛想つかして文体変える

九尺の脚立の上から「お早うごいす」
おっこっちょしねと地口が返る

賄いは大変でしょうの慰めに
板長ですと笑って応《こた》える

ヘーゲルやカントの名前ふっと出る
赤点だった哲学なのに

お風呂場の改修終えてゆったりと
首までつかる至福の夕べ

霊山を眺めて蕎麦食う遠き日の
御嶽山は穏やかだった

庭に咲く白き一輪山茶花は
時雨の雫ひっそりこぼす

をちこちに柿もぐ竿の揺れ動く
枯露柿の里忙しくなる

きっぱりと切り詰められた木犀に
風邪ひくわよと道行く媼

久々に牛肉買いきてすき焼きを
独りで食べる風強き夜

平成二十七年

明日は雪残った剪定やり終えて
やれば出来ると昼湯につかる

蒲焼の鰻高値にためらうも
歌人茂吉にあやかりて買う

乗ることの叶わぬ老いに気遣いの
リニヤの試乗させて欲しいな

「頑張れと」朱色の文字怒ってる
ヴァンフォーレの旗大きく揺れよ

教え子の手助け受けて二十年
桃袋かけ今年も終わる

悪戦の末に通りし針の糸
ズボンの裾のほつれを直す

齢がいもなき寒中の剪定に
地球の底から冷え立ち上がる

買い物の車遠くに停める癖
楽々駐車しっかり歩く

月に二度医者にかかるもまず達者
今宵も晩酌好きな冷酒

スカイツリーいとも小さき絶景に
お上りさんは見とれるばかり

鍵かけてきたっけふっと旅先で
呟いたってどうにもならない

新卒の教師と児等は米寿喜寿
記念の写真飽かず眺める

紙吹雪浴びておどろきおじぎして
米寿を祝う会は始まる

老いの坂下るんじゃない登るんだ
そんな思いを日記にしるす

学徒勤労動員三首

機銃掃射林に伏せて運を天
背なにぴしぴし枝折れる音

飯粒の貼りつく甘諸飯《いもめし》一膳は
若い僕等の胃袋満たさず

黒布で覆ひし暗き灯の下で
虱《しらみ》とること子らにさせまじ

妻の病苦三首

幾たびも入退院を繰り返す
妻の宿痾《しゅくあ》の喘息《ぜんそく》癒えず

喘息の発作に苦しむ妻の背を
さする我が手に睡魔の襲う

妻逝くをわが看病の至らずと
ただに悔やみて己苛《さいな》む

俳句　――山梨日日新聞「山日文芸」掲載作品――

平成二十一年

山茶花の落ちて花弁のしどけなき

忘れゐし夢とふ文字筆始め

闇深く声をひそめて鬼やらふ

囀りの藪に生まれて藪に消ゆ

夢にても会ひたき妻や月朧

たんぽぽの綿毛ゆっくり風を待つ

甲州小梅打つ音しきり雨催《あめもよ》ひ

十薬《じゅうやく》の蕊つんつんと雨の中

合歓《ねむ》の花くぐり杣道登りけり

ひんやりと桃の雫の胸に垂る

風に揺れ涙にゆれて秋桜

陽を浴びて死の淵ぐぐる秋の蝶

コスモスの波のざわめく奥信濃

木犀の香りをくぐる神輿かな

とろとろと本読む閨《ねや》の夜長かな

桃の葉の落ちて明るき枝構え

平成二十二年

冬ざるる老いには一日短かかり

それぞれに百の観音冬安居《あんご》

みまかりし妻の面影年暮るる

豆撒いて内なる鬼を追ひ払ふ

足音に動く薄氷《うすらい》神詣で

梢より春の兆してゐたりけり

はにかみて辛夷《こぶし》の蕾開きけり

郭公《かっこう》のしきりに雨を呼んでをり

毛筆の父の日記の虫払ひ

水浴びて汗の一日終はりけり

看護師の足音消ゆる後の月

密《ひそ》やかに秋の音する時雨かな

秋深む江戸の小咄閨《ねや》のなか

平成二十三年

山茶花の黄金の蕊をいとほしむ

冬ざれや死にたる妻の夢に醒む

着ぶくれて歩む姿の父に似る

餅花や闇の下道《したみち》火に向かふ

枯れ葦や川音ばかり聞こえくる

雁坂《かりさか》を抜けて秩父の遍路道

まどろみの醒めつつゐたり春の雪

唐突に友みまかりぬ班雪《はだれ》

鳥雲にながく病みたる友逝けり

掌《て》に受くる薔薇の花びら震へをり

青梅雨や子の住まぬ家守りゐる

陽に籠もる勝頼の墓半夏生《はんげしょう》

妻恋ふる夕べとなりぬ百日紅

初もぎの茄子の濃紺掌《て》に受くる

仁徳の御陵《みささぎ》はるか秋の雲

十六夜《いざよい》の谷深き村鎮まりぬ

読みさしの本閉づ虫の声の中

栗の実の落つる音あり寝に就けり

乾く音して兄の骨鵙《もず》の声

尾花揺る遠くきらめく駿河湾

足首の浮腫《むく》み重たき小六月

平成二十四年

剪定を始むる朝の身繕ひ

亡き人の面影に似し享保雛

日溜まりのいつもの場所の蓬かな

杜若《かきつばた》沼の昏きを突き出でぬ

葦川の瀬音に生《あ》るる蛍かな

鹿の子の幼く跳ねて山に消ゆ

手の甲の肝斑《しみ》顕はなり桃をもぐ

待つ人の無き家広し竹落葉

合歓の花山路夕べの灯をともす

涼新た龍太全集開きけり

露草の瑠璃の儚き夕べかな

一合の米とぐ夕べちちろ鳴く

足首の冷えに目覚むや明けの闇

朝顔や名残の紺を競ひたる

平成 二十五年

風邪に臥す独りの夜の頼りなき

消息の絶えし友あり春の雪

点滴の管からみ合ふ春の闇

傷口のガーゼ真白き春の雨

春の燈《ひ》のまたたき始む山のかげ

ボウル蹴る園児の帽子風光る

朽ち果つるままの蔵壁栗の花

掛け軸を富士に換へたり夏座敷

舞ふが如夕べの空に合歓の花

百歳の媼身罷る夏野かな

鬼百合の炎の花弁夕づく日

刈り残す稲田一枚木曽の谷

平成二十六年

隣家よりどんどの団子届きたる

ガスの火の点きて厨の寒さかな

雪かきて越後の縁者思ひやる

花辛夷咲くを待ちゐる夕明かり

犬ふぐり風に揺らぎて星となる

曖昧《あいまい》に年経《ふ》る月日春炬燵

春愁やひとりの酒に酔うてをり

連れの無き夕べの散歩余花の中

蕗剥くや入相《いりあい》の鐘かすかにて

切支丹籠もりし里や蛇いちご

快き五時の起床や百日紅

向日葵や一合の米炊きあがる

手料理のいささか辛き残暑かな

独り居《い》に慣れし生活《たつき》や吾亦紅《われもこう》

臥し待月傍《かたえ》に妻の居らずして

桃の葉の一夜に落ちて枯れ野なる

炬燵寝や信濃の地震《ない》に目覚めたる

平成二十七年

しんしんと七草の粥夜もすする

脚立一つ残されている余寒かな

余寒なほ暁《あけ》の厨に水の音

啓蟄《けいちつ》や真言唱ふ信徒衆

しらじらと菩薩嶺《ぼさつね》明けて椿落つ

ランドセル背に余る児春の風

今日のことふっと忘るる白つつじ

桑籠を背負ひし妻を夢にみる

父の日や青いポロシャツ着て街へ

虫干しや異国のコイン紛れをり

恙なく盆を迎へて歳老いぬ

蜩や辛きカレーをもて余す

秋簾《すだれ》独りの生活続きけり

降り止まぬ秋の長雨旅に在り

菩薩嶺や稲架《ほざ》ひそやかに並びをり

童話「野花」

――山梨日日新聞「昭和三十七年新春文芸」童話部門一席入選作品――

「おいなりさんのおこんじきが死んだっちゅうぞ」

と、さぶちゃんが息せききって、走ってきて言いました。

学校の庭で、すもうをしていた清くんや、明君、それに茂ちゃんや、行司をしていたよっちゃんまでも、すもうをそっちのけにして、さぶちゃんをとり囲むように集まってきました。

さぶちゃんは、まだ、はあはあと、息をはずませています。それでも、

大きく息を一つすいこんで、いかにも得意そうに、くりくり目玉をいっそう大きくさせて、

「ほんとだよ、おらあ今水上公園のおじさんが、区長さんに話しているのをきいてきたばっかしだもの」

と、みんなの顔を眺めまわしました。

「どうして死んだずらか」

茂ちゃんがききました。

「そんなこと知らんけんど、きょう、きのことりに来た人が、お堂の中で死んでいるこじきをみつけて、青くなって、水上さんのとこへとんでいったんだと」

「それで、水上さんが、区長さんへおしえにきたずら」

明君は大好きな柏戸の早い突っ張りのように、頭が早く回るようです。

「そして、それを早耳のさぶちゃんがきいてきたっちゅうわけだな」

大鵬のすきな清君も負けてはいません。

「かわいそうだな、ひとりぼっちで死んで」

「うん」と、みんなもうなずきました。

「みんなで、おいなりさんへ行ってみんか」

行司をしていたよっちゃんです。

「気味がわるいなあ」

と、案外いくじのない声をだしたのはさぶちゃんです。

それでも、「いかざあ、いかざあ」というみんなの後をついて、おいなりさんへ登っていきました。

空は青くすみきっていました。いね牛にはトンボが力無くはねを休めていました。

「病気で死んだずらな」

茂ちゃんはとても気になるようです。

「そうさ、体がだんだん弱ってきていたずら・・・それに、お医者さんにはかかれないし、みてくれる人もいんもん」

みんなは黙って山道を登って行きました。

おいなりさんのこじきは、昔きつねがたくさんすんでいたという、おいなりさんのお堂に住んでいました。おいなりさんは、恵林寺山の水上公園の近くの、とても眺めのよい松林の中にあります。いいところを見つけて住んだものです。

村の人も、そのお堂から追いたてたりしませんでした。それは、おいなりさんのこじきが、まじめでおとなしかったからでしょう。

恵林寺山のふもとの畑には、夏になると、赤い桃がおいしそうにみのります。秋になるとさつまいもが、土から顔をだしたりします。

でも、こじきが、それを盗んだという話は一度もききませんし、見た人もありません。

ただ山を下って、「おかみさん、おにぎりを」というだけでした。

いたずらこぞうに、石を投げつけられてもおこりませんでした。ボロボロのくつを引きずって、逃げてしまうだけでした。

「おとぶれえはするずらか」

ふいに茂ちゃんが言いだしました。

「村でやってやるずら」

「してやればいいけんどなあ」

「おぼうさんがお経をあげてくれるかなあ」

「おぼうさんのいんおとぶれえなんて、きいたことないよ」

みんな口々に、それでも心配そうに話しながら登っていきました。

「おらあ、いつか、石を投げたことがあった」

茂ちゃんが小さい声で言いました。

「おれも」

と、さぶちゃんはしょんぼりしてしまいました。

「みんな、おこんじきに花をあげてやらざあ」

よっちゃんが、ふいに思いだしたように言いました。

茂ちゃんが一番さきに賛成しました。気のはやいさぶちゃんは、もう小さいりんどうを一枝折っていました。

道ばたには、すすきの穂が風に吹かれて、そよそよゆれています。その根もとには紫の花をつけたりんどうや、かわいい野菊の花が咲いていました。りんどうや、野菊の花をだきかかえるようにして、茂ちゃんたちはお堂の見える坂道をかけ登っていきました。

かべのくずれおちたお堂の中に、小さい野の花が、せいいっぱいに、つつましいかおりを放っていました。

あかにまみれたこじきの顔が、かすかに笑っていたようでした。

終わり

あとがき

いたずらに齢を重ね、いつしか米寿を迎える事になった。誕生日は、昭和二年十二月八日である。暦の上では八十八年生きてきた事になるが、実感は沸いてこない。幼いときにはジフテリアを患ったりして病弱であったので、米寿を迎える事ができるなんて、夢にも思っていなかった。

このたび、米寿の記念にと、二人の子供が、句・歌集を作ってあげようと言ってくれた。予期しない事だったが、その気持ちに甘える事にした。句歴、歌歴共に浅く、他人様にお見せできる程の作品群ではない事を承知の上でである。

四十年にわたる教職生活を、昭和六十四年に退き、嫌いではなかった百姓と、幾つかの役職を、妻の助けを得ながらなし遂げてきた。

その矢先、平成八年、妻が病苦の果て他界した。その日から独り暮らしが始まった。独りの寂しさを紛らわせるため、ゴルフを始め、俳句や短歌を作って心の空白を埋めた。

独学では上達は望めないし、淋しさは埋められないと、仲間をあつめ句会を立ち上げる事にした。公民館の俳句教室である。平成十四年であった。農繁期を除いて月一回、年六回のささやかな取り組みではあったが、面白かった。時移り、人も替わったが、今も連綿と続いているのは嬉しい。始めた頃の指導者、杉田梧葉先生に代わり、指導者の立場に立たされたのを契機に、平成二十年年末より山日文芸に投稿を始め、もともと好きだった短歌の投稿も、ほぼ同時に始め今日に至っている。

この句・歌集は、山日文芸に掲載された作品を中心に編集してある。拙い作品に眼を通して頂いた選者の、短歌の三枝昻之先生、俳句の保坂敏子先生に、心からお礼を申し上げる次第でございます。

なお、この句・歌集には、毛色の変わった童話を載せているが、この童話は五十年程前、玉宮小学校に勤務していた時に作ったもので、実在した乞食を素材にした「野花」と言う創作である。

年老いた父親に、生きてきた証をと、二人の子供の愛情によって、思いがけない勲章を頂いた気分でいるが、これも、我が儘の私を許して下さった近隣の方々、教え子の皆様、ゴルフ仲間、句会の方々、友人の皆様のおかげと感謝を申し上げ、この一片の詩を、亡き妻に捧げたいと存じております。

平成二十八年三月吉日

雨宮　昭夫

雨宮昭夫（あめみや あきお）

昭和 2年12月 8日　山梨県塩山市竹森で生まれる
昭和23年 3月　山梨師範学校卒業
昭和23年 4月　神金小学校教論
昭和52年 4月　神金第二小学校教頭
昭和54年 4月　山梨県教育委員会管理主事
昭和57年 4月　塩山市立塩山北中学校校長
昭和61年 4月　塩山市立塩山中学校校長
昭和63年 3月　退職
退職後、塩山市教育委員、社会教育委員、社会福祉協議会役員
等を歴任

享保雛

2016年6月17日発行

著　者　雨宮昭夫
制　作　風詠社
発行所　ブックウェイ
〒670-0933　姫路市平野町62
TEL.079 (222) 5372　FAX.079 (223) 3523
http://bookway.jp
印刷所　小野高速印刷株式会社
©Akio Amemiya 2016, Printed in Japan
ISBN978-4-86584-107-7

乱丁本・落丁本は送料小社負担でお取り換えいたします。

本書のコピー、スキャン、デジタル化等の無断複製は著作権法上での例外を除き禁じられています。本書を代行業者等の第三者に依頼してスキャンやデジタル化することは、たとえ個人や家庭内の利用でも一切認められておりません。